윤보영시인학교 12인의 합창

그대 사랑처럼
그대 향기처럼

윤보영시인학교 12인의 합창

그대 사랑처럼 그대 향기처럼

펴낸날   초판 1쇄 2022년 6월 23일

지은이   김순복 박희숙 송남두 신용주 이말옥 이미경
             이혜숙 장해자 전준석 조경순 허미숙 홍유경

펴낸이   서용순
펴낸곳   이지출판

출판등록 1997년 9월 10일
등록번호 제300-2005-156호
주소   03131 서울시 종로구 율곡로6길 36 월드오피스텔 903호
대표전화 02-743-7661 **팩스** 02-743-7621
이메일   easy7661@naver.com
인쇄   ICAN

ⓒ 2022 김순복 외 11인

값 12,000원

ISBN 979-11-5555-183-7 03810

※ 잘못 만들어진 책은 교환해 드립니다.

윤보영시인학교 12인의 합창

그대 사랑처럼
그대 향기처럼

김순복 박희숙 송남두 신용주 이말옥 이미경
이혜숙 장해자 전준석 조경순 허미숙 홍유경

이지출판

㈜한국강사교육진흥원(원장 김순복)에서 운영하는 '윤보영시인학교'가 세 번째 공저시집을 발간하게 되었습니다. 2021년 4월 발간된 첫 번째 공저시집《사랑하길 잘했다》에 참여하신 분들은 개인 시집을 발간하거나 시집을 발간할 수 있는 분량의 시를 적게 되었습니다.

첫 번째 시집에서도 그랬지만 이번 시집 역시 시를 적는 분들의 일상이 시 속에 담겨 있어 좋고, 특히 시집에 담긴 시들은 읽는 독자가 주인공이 될 수 있도록 힘 있게 전개되어 감동을 주기에 충분합니다.

늦은 시간에 수업이 있고, 또 매주 진행되는 수업에 제출할 메모 적기가 쉽지 않았겠지만, 어느 한 분

힘들다 하지 않고 잘 따라와 주신 데 대해 고마움을 전합니다.

앞으로 공저시집에 참여한 시인들 모두 개인 시집을 발간하고 우리나라 최고의 감성 시인이 될 수 있도록 이끌어 드리겠습니다.

시를 배우고 싶은 분들에게 시집까지 발간할 수 있도록 시인학교를 운영하고 '제1회 감성시 공모전'까지 개최해 주신 김순복 원장님과 멋진 시집을 만들어 주신 이지출판사 서용순 대표님께도 감사드립니다.

커피시인 윤보영

윤보영시인학교 행운의 일곱 번째 만남을 시작했습니다. 첫 번째 만남부터 감성시를 향한 열정이 뜨거웠습니다.

처음 도전하는 신인들의 활약이 기존 시인들에게 동기부여가 되는 방아쇠를 당기기 시작했습니다.

너나 할 것 없이 매번 성장하는 모습에 감동하며 커피시인 윤보영 교수님의 칭송이 이어졌습니다.

"칭찬은 고래도 춤추게 한다"고 하지요. 칭찬 한마디에 우리 시인들의 감성은 나풀나풀 하늘로 올라가 바람을 만나 꽃비를 내리듯 더욱 감성을 쏟아냈습니다.

우리 시인들이 만나는 매주 목요일은 더욱 마음이 비단결이 되어 행복이 너울거립니다.

감성시와 함께라면 모든 일상이 시가 되고 꽃이 되고 그대가 됩니다.

그대의 사랑과 향기 속에서 24시간이 행복으로 채워집니다.

시인들의 가슴에 행복한 감성의 불을 지펴 주신 윤보영 교수님께 감사드립니다.

이 책을 들고 있는 당신께도 행복한 감성의 불이 지펴지길 소망합니다.

2022년 6월에 감사의 마음을 담아
㈜한국강사교육진흥원장 김순복

■ 차례

사랑의 깊이

사랑의 깊이가 궁금해
마음에 돌을 던진 적이 있지요

지금도 그대 생각만 하면
가슴이 뛰는 걸 보니
그 돌, 아직도
내려가고 있나 봅니다.

대전일보 신춘문예 동시 당선(2009)
《세상에 그저 피는 꽃은 없다 사랑처럼》 등 시집 20권 발간
'윤보영 시인의 감성시 쓰기 공식 10'으로 전국 순회 시쓰기 특강
'윤보영 동시 전국 어린이 낭송대회' 개최
춘천, 성남, 경기도 광주 등에 '윤보영 시가 있는 길' 조성

먼지

너도 나처럼
그리운가 보구나
창틀에 앉아 쏟아지는 비를 보고 있는 걸 보면.

텃밭

마음 한자리에
텃밭을 일구었지요

사람들이야
고추며 상추를 심겠지만
나는
그대를 심겠습니다.

김순복

상담학 박사, 경영학 석사

한국강사교육진흥원장, 한국자격교육인증원장

한국강사신문 기자

가천대 명강사 최고위과정 책임교수

오산대 마케팅경영과 외래교수

한국열린사이버대학교 특임교수

에듀업 원격평생교육원 운영교수

사)한국청소년지도학회 서울센터장

사)한국강사협회 상임이사

2021 제주 돌문화공원 디카시 공모전 수상

저서 《벼랑 끝 활주로》 외 다수

시집 《오늘도 그대 따라 웃습니다》 외 공저 다수

엄마의 어깨

내 어릴 적
엄마 모습은
억척스럽게 보였습니다

지금은
바람만 불어도
날아갈 것 같은 모습!

왜소해진 엄마 어깨를
두 손으로 감쌉니다
가슴에 구멍이 나는 듯합니다

"엄마!
사랑합니다."

엄마의 바램

엄마를 생각하면
늘 가슴이 아련하다

엄마와 지낼 시간이
점점 줄어들고 있다

'오늘은 다시 오지 않아
지금 이 시간도 다시 오지 않아'

엄마의 전화번호를 누르다
깜짝 놀랐다

엄마한테 전화가 걸려왔다
"우리 큰딸!
목소리 듣고 싶어 전화했다!"

아, 엄마!

내 안의 천국

생명이 멎은 후
사흘간은 귀가 열려 있다지요

차가워진 몸에
수의를 입고 계신 어머니께
드리는 인사말

"어머니, 사랑합니다."
"사랑하고 또 사랑합니다."
"극락왕생하세요."

가슴속에
어머니가 계실
방 하나 만들었습니다

어머니의 미소가 보입니다
보고 싶을 때마다
방에서 만난 어머니
가슴이 포근해집니다.

설날 장례식

설날 아침
눈이 내립니다

내리는 눈마저
포근하게 느껴지는 것은

아직,
어머니가
곁에 있기 때문이겠지요?

까치 설날

까치가 울면
반가운 손님이 온다 해서
길조라지요

까치가 울면
하늘나라 가신 어머님이
다시 오실까요?

까치가 웁니다
아,
어머니!
우리 곁에 오셨지요?
보고 싶습니다.

아빠의 대답

진눈깨비가 내리는 날
"아빠 눈 안 맞는 거지?"
하늘을 올려다본다

그리움에
금세 촉촉해지는 눈!
아빠가 미소 짓는다

오늘도
아빠 따라 웃는다.

하늘나라 편지

우리나라 최대 명절 설날
아빠에게 보내고 싶은 편지!

49재 때처럼
손으로 써서 태우면
아빠가 받아볼 수 있을까?

아빠 없는 정월 초하룻날
아빠의 덕담이 듣고 싶다

"아빠!
하늘나라에서 아프지 마세요."

어머니의 목소리

의료용 전동차에 이상이 있을 때
걸려오던 전화 목소리

"에미야, 전동차가 안 된다
전화 좀 걸어 봐라."

이제는
내 귓전에만 맴돌 뿐
더이상 들을 수 없다

"에미야, 에미야!"
가장 듣고 싶은 말!

어머니의 미소

혈전이 막히면
뇌경색이 온다지요

오른쪽은 감각이 없지만
왼손은 꼭 잡던 어머니

"어머니, 웃어 봐요."

말은 못하지만
빙그레 웃으시던 어머니

다시 보고 싶습니다
세상에서 가장 아름다운 미소!

내 목소리 들려?

"아빠! 잘 있지?
내 목소리 들려?"

운전하면서
하늘을 올려다봅니다

혹시라도
아빠 모습 보일까 차를 세웁니다

그러다 웃지요
내 가슴에 계신 걸 깜박해서.

박희숙

농협 근무 정년 퇴직

사회복지사 2급

보자기아트 강사

대한노인회 시니어강사

숟가락 난타강사

인권교육지도사

시니어 동화구연 강사

텃밭

5월에 유채꽃이 피었다

텃밭에서 유채꽃을 잘라
양푼에 비빔밥 만들어
먹던 친구가 생각난다

웃는 얼굴 함께 걷던 기억
비빔밥처럼 내 안에 담긴다

오늘은 친구 얼굴이
유채꽃처럼 피었다.

봄나물

봄날 취나물 앞에서
향기 먼저 맡았죠

향기 속에 머물러 있고 싶은 유혹
하지만
지금은 취나물을 뜯었지요

뜯어 온 취나물을 장작불에 삶아
그해 나물은 먹고 없어졌지만

그 향기 그 기억은
봄마다 꺼내 볼 수 있게
내 안에 담겨 있죠.

꽃차

수선화 꽃잎 따서
꽃차를 만든다

고개를 숙인 듯
부끄러워하면

찻잔 위에 수선화
살며시 꽃으로 핀다
그대 얼굴이 핀다.

장미

예쁘다
언제 피었니?

마음 설레게
소리 없이 피어

사랑하는 그대
생각 더하라는 꽃
장미 너
멋있다.

제피잎

봄이 오면
제피잎 향기가 내 안에서 나와
산으로 향하게 만든다

제피잎 뜯으러 올라가다 예쁜 들꽃을 만났다
어쩜 이리 예쁠까?

집으로 데려가 뜰에 심어 두고 싶다
향기에 취하고 싶다

하지만 지금은 제피잎 뜯을 시간
사진에 담았다
제피나무를 찾아갔다

어머니가 하시던 것처럼
제피잎을 고추장에 무쳐 맛을 보는데

커피향보다 진한 그리움!
고추장에 제피잎을 무치던
어머니가 보고 싶다.

새

이름 모르는
작은 새가 들려준
노랫소리

새가 되어
하늘을 날아간다

나뭇잎에 앉아
그대와 사랑을 나누고

도란도란 얘기하면서
즐거운 여행을 떠난다.

바다

파도치는 바다
바다가 트로트처럼
파도를 친다

갈매기가 따라 춤춘다
아름다운 여행을
만들자며
내 마음에 다가선다

그대 손잡고
바닷가로 나간다.

장미꽃잎

한 겹 한 겹
꽃봉오리 이룬
장미꽃 향기를 맡으며
꽃잎을 딴다

꽃차를 만든다
향기에 가득 담긴 차

5월이 되면
그대와 마주앉아
장미꽃 차를 마시고 싶다.

장미

장미꽃밭에 다가섭니다
향기로운 꽃 냄새
노랑, 빨강, 분홍꽃
눈을 환하게 적셔 줍니다

우울한 내 마음이 환해지고
그대 생각이 나네요
늘 그리운 그대!

그대가 내 안에
꽃으로 피었네요.

꽃밭

참 예쁘다
꽃봉오리는
나비를 기다리고

참 그립다
나는
그대를 기다리고

나비와 그대
함께하면 좋겠다.

송남두

제주국제명상센터 상담교육원장
부부가족상담
개인정서심리상담
집단상담
제주YWCA 통합상담소 소장(전)
제주관광대학교 겸임교수(전)
한국가정법률상담소 제주지부장(전)

목련꽃

따사로운 햇빛이
눈부신 봄날

목련꽃 나무 아래
벤치에 걸터앉으니
하얀 꽃잎 하나가
무릎 위로 내려앉는다

작은 위안으로
다가오는 당신 생각하며
흐르는 세월을 바라본다

내 안에
그대 웃는 모습이
목련꽃으로 피었다.

봄비

봄을 어루만지는 안개비
말로 표현할 수 없는 포근함

그대
따뜻한 사랑의 느낌이
마음을 촉촉이 적시며 밀려온다

아직도
내게 남아 있는 이 설렘
당신이 내게 준
삶의 힘이고 기쁨이다.

시냇물

시냇가에 발 담그고 앉아
흐르는 물에 생각을 담는다

아름다운 추억과
가슴 아픈 사연도
함께 있는 게 일상이라며
미련 두지 말라며 흘러간다

나도 너처럼
일상을 그렇게 살고 싶다.

친구

이름만 떠올려도
마음 설레는 친구가 있습니다

그리움만 안고 살아온 긴 세월
자주 만날 수 없어도
옛이야기로
꽃피울 친구가 있습니다

추억 속에 친구가 있다는 것은
지금의 나를 행복하게 합니다.

동백꽃

정원을 둘러싼 동백 울타리
쌓인 눈 사이로
동백꽃 붉게 피어 아름답다

그대 가슴처럼
그리움 태우는 붉은 동백꽃
엄동설한 마다하고 피었다

그 많은 사연들 뒤로하고
그리움 안은 채
온몸으로 떨어진다.

까치

긴 세월 볼 수 없던
뭍에서
이민 온 까치들이 노래를 한다

까치가 울면
반가운 손님이 온다는 전설

그 전설에
가슴 설레던 어린 시절
누가 까치의 노래를 운다고 표현했는가?

한세월 지나고 나니
그대 내 가슴에 담아 준
깊은 그리움인데.

5월

어버이날
가족사진 속에
환하게 웃고 계신 부모님

그리고
따뜻한 엄마의 편지들
그 속에 담긴
염려, 사랑, 기도

그 염원은
내게 꽃이 되어 피었다.

새벽달

회색빛 하늘
높게 뻗은 소나무 사이로
은은한 새벽달
흩어져 반짝이는 별

간간이 들리는
이름 모를 새소리

새벽이슬처럼
촉촉한 이 행복
곤히 잠든
당신과 함께 보고 싶다.

바람

산들바람이
작은 가지를 흔들고
구름도 바람에 흘러간다

아빠의 생일날
먼 길 마다 않고
바람처럼 달려왔다 떠난 아들과 딸!

먼 하늘 저 끝에서
그리움이
가슴 가득 밀려온다.

타향

내가 선택한 길이지만
현해탄을 건너와
훌쩍 던져진 느낌으로 살면서

그때부터
혼자라는 생각에 단단해지기 시작했지
난 모든 걸 스스로 개척하는 것도
용기라는 걸 깨닫게 되었어

그때마다
소망하는 곳으로
길이 열리기 시작했고

태양은 늘 다시 솟아오르듯
나는 또 새로운 삶을
선물로 받았지

행복이라는 선물
나눌수록 더 많아지는 선물.

신용주

한국과학기술정보연구원 책임연구원
한국전문도서관협의회 부회장(전)
'국가R&D정보 활용' 강의
과학기술정보통신부장관상 수상(2019)
동화구연지도사

바다

힘들 때마다 떠올려 두고
그대 목소리 대신
파도 소리를 듣는.

열린 길

육지와 섬을 이어주는
열린 길이 있습니다
무창포, 제부도, 진도…

너와 나를 이어주는
열린 길이 있습니다
사랑, 믿음, 그리움…

섬과 바다는
바닷물을 담아야 만날 수 있고
너와 나는
보고 싶은 마음을 담아야 만날 수 있고.

어머니

눈 감으면 떠오르는 모습
한 손에 호미
한 손에 파를 들고 있는
어머니!

열 평 남짓 밭에
가득 자라는 대파를 보고
웃음 짓는 어머니!

홀로 되신 후
험난한 세상에서
자식들에게 힘이 되고
바람막이가 되어 주신 어머니!

내 가슴에 파가 자란다
어머니 그리움이 자란다.

벽

너와 나 사이에
보이지 않는 벽이 있다

보고 싶은 마음 사이에
덩그러니 놓여 있는 벽

너의 마음이
나에게 넘어와도 좋고
내 마음이
너에게 넘어가도 좋고

넘어간 자리에
꽃이 되면
그 꽃을 사랑으로 가꾸고 싶다.

나팔꽃

아침에 피어 기쁜 소식을 전하고
내 그리움을 감고 올라가는.

민들레꽃

노오란 민들레꽃
가벼운 씨앗으로
희망을 세상에 나르는 꽃

그대 생각이 내 가슴에 날아오면
내 얼굴에도
미소가 번질 텐데

민들레꽃을
내 가슴에 옮겼다
씨앗에 그리움 담아
그대에게 보내고 싶어서.

라일락

화사하게 피어 있는
보라색 꽃 이름은 무엇일까?

은은한 향기를 맡으며
꽃 이름을 생각한다

라일락…
그래, 라일락꽃이다

그대와 추억을 생각하며
행복을 노래한다

내 안에서
그때 그 라일락이
노래를 들어준다.

봄

봄을 기다리다
눈을 감았습니다
연둣빛 세상이 그려집니다
입가에 미소가 번집니다

온 세상에
생동감, 화창함
그리고 탄생을 알려 주는 봄이
내 안에 있습니다

그대가 봄
오래전에 다가와
웃는 얼굴로 꽃을 피우고
내 안에 머무는 봄.

봄비

목말라하는 소리
들었나요?

봄비에
만물이 새싹 돋는 소리
들리나요?

들립니다
들립니다

이제 모두 괜찮아
온 세상이 촉촉함으로
가득하니까

그러니 그대도
봄비처럼
내 곁에 왔으면 좋겠습니다.

흰 장미

흰 장미꽃이 피었습니다
꽃말이 '새로운 시작'입니다

코로나19 팬데믹이 끝나고
다시 일상이 시작되었습니다

이제
우리는 모두 행복을
꿈꾸어도 될 것 같습니다

그대 얼굴
꽃으로 피워도 되겠습니다.

이말옥

부산가톨릭대학 임상병리과
부산디지털대학 평생교육사
한국강사교육진흥원 교육위원
노인스포츠 이론, 구술, 실기 전문교수
치매재활레크리에이션 전문강사
실버두뇌건강지도사
인문학 교육지도사
웰다잉1급 전문강사
생명존중, 생명 사랑 실천 1인 본부장
꽃 감성시인
한국문화예술진흥회 미술부문 금상 수상

어머니

"엄마 사랑해" 하면
나도 "사랑해" 하며
힘없는 입술을 오물거린다

사랑한다는 뜻을 알았을까
그냥 자식 향한 무한 사랑으로
사랑한다며 중얼거리던 엄마

이제는 엄마가 없다.

길 위의 천사들

배낭을 메고 고양이를 만나러
길을 나선다

바스락 내 발자국 소리에 냐오옹
오도독오도독 밥먹는 소리에
미소가 번진다

딱!
캔 따는 소리에 아기 고양이들
드러눕기로 답한다

어쩌다 10년째
길냥이 엄마가 되었다.

꽃바람

산을 탄다
능선을 타고
밧줄을 탄다

하얀 꽃이 바람을 타고
내 곁을 스쳐 지나간다

능선과 밧줄, 산을
아니, 나는 지금
그대 곁으로 가고 있다.

그리고 그리움

가슴에 가득 담긴 그리움!
꽃으로 대신한다

꽃이 내가 되어
그대 곁으로
향기를 날려 보낸다

참 많이 보고 싶은 날 오후.

채움

산을 오르면서 비우고
산을 내려오면서 채운다

그대 생각 채워진 자리에
보이는 것
느껴지는 것
발에 밟히는 것이
다시 채워진다

알고 보니
그대만 안 보이고
다 보인다.

벗꽃

벗꽃이 지고 있다
떨어진 꽃잎이
머리 위로 떨어진다

내년에 다시 올 거라며
눈까지 찡긋한다

당연하지
내년에도
내 안의 그대와 와야 한다며
찡긋 답을 한다.

봄 산행

산이 나를 부른다
얼른 오라고
향기와 꽃과 바람으로
신호를 보낸다

휘리릭 배낭을 멘다
사람이 꽃이 되고
향기가 되는 봄 산행

나는 그대가 되게 하고
그대는 내가 되게 하는 자연
무조건 좋다.

이팝나무길

봄이 되면, 밥풀 같은
이팝나무를 볼 수 있어 좋다
5월!
이팝꽃 축제가 열리는 밀양으로 달린다

초록 나뭇가지에
소복이 쌓여 있는 이팝꽃

키 큰 이팝나무와
키 작은 조팝나무가 조화를 이룬다

5월이면
당신 닮아서 더 하얀 꽃을
볼 수 있어 좋다.

수레국화

나는 보라색을 좋아한다
그래서일까, 보라색 수레국화를 좋아한다

보라색 슈트까지 있다

보라색은 누구에게나
다 어울리는 것은 아니다

보라색 슈트를 입고
수레국화를 보면서
그대에게 간다

오늘은
가는 길이 온통
보라색 국화로 보인다.

우리 엄마

노래를 부르면
언제나 "조~옷~타"로
응답해 주시던 엄마

아마도 내가 흥이 많은 것은
엄마 유전자 때문일 거야

하지만 지금은
그 유전자만 있고 엄마가 없다

"조~옷~타!"
다시 듣고 싶다.

이미경

문학석사, 타로심리상담마스터

늘품심리상담연구소 대표

행복한가정문화원 동두천지부장

저서 《놀이와 영유아교육》

표지판이 필요해

표지판을 따라
길을 나섰어요

그 길 끝에
그대가 기다릴 것 같아
두근대는 마음으로
한 걸음씩 내디뎌 봅니다

그런데 어쩌지요
가까워질수록 멀어지는 건
걷고 있는 길 때문일까요?
아니면 그대 때문일까요?

그대 마음으로 가는
표지판이 있으면 좋겠어요
그대에게 빨리 닿을 수 있게.

꽃이 된다

연보라 티셔츠를
맞춰 입은 소년 소녀가
손을 잡고 지나간다

뭐가 그리 좋은지
가다 멈추고는
마주보며 웃는다

다시 몇 걸음 가다 멈춰서
잡은 손이 떨어질까
다시금 꼬옥 잡는다

나도 모르게
그 사이에 끼어들어 웃음 짓는다

소년 소녀의 뒷모습이
라일락 꽃송이를 닮았다
나도 덩달아 연보랏빛
가득한 꽃이 된다
그대를 생각하는 꽃이 된다.

덕분에

"따스한 말 한마디는
누군가의 가슴속에
꽃으로 피어난대요."

나는 오늘
당신 가슴속에
꽃으로 피어
온종일 향기롭게 하고 싶어요
행복하게 하고 싶어요

힘을 주는 말 한마디!
당신의 꽃향기는
어떤 말일까요?

덕분에
그대 덕분에
하루 내 향기롭습니다.

오늘도 안녕

톡톡톡
다시 만난 봄비가
어깨를 두드립니다

아!
잘 있니?
잘 있었구나

오늘도 봄비를
벗으로 느낀다
아직 살아 있다

그러고 보니
나도,
내 안에
그대 생각
가득 돋아난
봄이다, 봄.

봄이 왔네요

겨우내 움츠렸던 어깨를
살며시 움직인다

얼어붙은 마음에도
따스한 온기가 스며든다

봄이 왔다고
봄비가 내게 말한다

이제 그만!
봄 맞으러
걸어 나와 보라고

봄비 오듯
그대가 왔으면
더 좋아할 나에게
봄비가 글쎄.

비 오는 날

비 오는 날
우비에 장화까지 신고
빗속을 걸어가요

이상하네요
비는 왜
나에게만 내리는지요?
나는 왜
이 비를 피하지 않을까요?

우산이 되어
비를 막아 주겠다던 그대가
없어서인가요?

둘러보니
그대 닮은
우산만 없네요.

마스크

그대 마음 내 마음
마스크 속에서
숨바꼭질 중이다

아!
네가 뭐길래

오늘도 난
보일 듯 말 듯
그대 마음 찾고 있다

네가
뭐길래!

오늘도

아침 햇살에
창문 열고
대청소를 시작했어요

아~
장롱에서 찾아낸
커다란 가방 속엔
차마 버리지 못한
물건들이 있네요

오늘도
난
그대 향한 그리움
그 버리지 못한 마음을
가방 속으로 다시 넣고 있네요.

그대 생각

장미를 보면
그대만 생각나는 건
내 곁에, 그대가
없어서이겠지요?

장미 한 송이가
서른 송이가 되던 날
우린 연인이 되었지요

어느 날
장미를 봐도
그대 생각이 나지 않으면
어쩌지요?

아!
그대가 기억하면 되겠네요.

바다

바다가 좋아?
산이 좋아?
당연히 바다!

왜 좋아?
바다니까!

왜?
그대 닮은 바다니까!

이혜숙

보건학 박사
제주대학교 의과대학 의학과 학술연구교수
제주대학교 환경보건센터 수석연구원
제주환경성질환예방관리센터 예방교육총괄팀장
한국환경보건학회 교재편찬위원 · 이사
세계환경수도조성추진위원회 위원
제주국제자유도시 종합계획심의회 위원
환경부장관상 수상
2022년 월간 《신문예》 시부문 신인상 등단

파도에게

수줍게 모래 위에
사랑한다 썼더니
파도가 달려와 지웁니다

쓰면 지워지고
쓰면 지워지고

파도야
아무리 그래도
내 마음속 그대 생각
지울 수 없어.

우도에서

우도에서
하얀 파도가 일렁이는
바닷가를 걷고 있습니다

오늘은 왠지
당신의 당신이 되고 싶습니다
오롯이!

바다가 하얗게
미소 짓습니다

나도
바다처럼 하얀 미소를
당신께 보냅니다.

꽃밭

5월의 꽃밭에는
장미꽃이 있어야 하듯

내 안에는
그대가 있어야 합니다

그래야
꽃밭이 되고

그 꽃밭에
장미꽃도 심을 수 있습니다.

오직 그대

숲에는
새들의 지저귐이 있어야
아름다운 숲이 되고

내 안에는
당신의 따뜻한 이야기가 있어야
온전한 내가 됩니다

아름다운 숲은
나무까지 보듬지만
그대 그리운 내 안에는
오직 그대만 있습니다.

수선화

그대 보고 싶어
돌담 옆에
수선화 몇 포기 심었다

찬 겨울 언 땅에
알뿌리 깊이 박고
해마다 어김없이
꽃피운다

변치 않는 그대 사랑처럼
변치 않는 그대 향기처럼

그 향기에 취한 나
어찌 그대를
사랑하지 않으리.

봄꽃

봄이 되면
사람들은
꽃구경 간다지만

나는 봄이 되면
턱 괴고 창가에 앉아
당신 생각합니다

당신은
내 마음속
늘 봄꽃이니까요.

비밀

봄꽃을 보면
비에 젖은 꽃잎처럼
당신 생각이 스며들어
내 마음
흔들린다는 사실

그대
아시나요?

그대 생각

책상 위에 놓인
영양제들
한 움큼 집어먹어도

달콤한
그대 생각
한 자락만 못하다

늘
내 삶의 비타민
그대 모습
그대 생각.

사랑 나무

평균 나이 350살
1만여 그루의
비자나무가 자라고 있는
천년의 숲 비자림!

연리목 앞의
신혼부부가 정답다

저 꽃다운 청춘도
나이들어 가겠지?

나를 돌아본다
나이가 들어가도
저 사랑 나무처럼
오래도록
그대 사랑하리라.

가끔은 나를 이해하지 못한다

기억력이
안 좋은 내가
아직도
당신에 대해
이렇게 많은 기억을
하고 있다니.

장해자

교육학 석사
경상북도 초등학교 교장 퇴임
황조근정훈장 수상
교육부장관상 수상
한국강사교육진흥원 교육위원

편지

어버이날
하늘을 향해

"아버지, 잘 계시지요?
엄마 잘 계셔요."

아버지가 보고 싶어
사진을 꺼냈다

하늘에 편지를 쓰고
마지막에 적는다

"아버지! 사랑합니다."

벚꽃

몇 년 전
엄마와 벚꽃 축제에 갔다
사진도 찍고 노래도 들었다

올해는
엄마가 다리가 아파
지팡이 짚고 걸어 다닌다

서울 동생이 오면
엄마 휠체어에 태워
벚꽃 구경 다시 와야겠다

엄마는 벚꽃 아래서
무슨 생각을 하실까?

나면 좋고
동생이라도 상관없다

그냥 지금처럼
오래도록 벚꽃 구경만
올 수 있다면.

메주

처음 콩 농사를 지었다
엄마는 돌 위에서
콩 꼬투리를 두드렸다

가마솥에 콩을 삶아
발로 밟고 벽에 달았다
딸과 사위가 거들었다

엄마가 단 메주에
우리 육 남매를 향한
자식 사랑이 달렸다

끓고 있는 된장찌개가
메주를 불러오고
메주가 콩을 불러오고
콩이 콩 꼬투리를 두드리는
엄마를 불러왔다

콩에는 늘
엄마가 있다.

마침

42년간 몸담은 교직에서
정년 퇴임을 맞았다

40년 이상 공로자에게
전수되는 황조근정훈장을 받았다

그동안 엄마, 딸, 아내, 며느리…
여러 역할을 했다

가족들의 박수를 받으며
떳떳한 엄마, 할머니로
교직의 문을 나선다

새로운 인생 2막에
사랑이 다가왔다

이제
새로 만든 마음에
가족 사랑이 피울
꽃밭을 만들어야겠다.

군자란

베란다 화분에서
군자란이 자란다
여린 잎, 꽃대가 나온다

"여보, 군자란 꽃대가 보여요.
좋은 일이 있을 것 같아."
아침에 남편이 소리쳤다

10년 만에
꽃대가 올라왔다

막
교단을 떠나
집으로 왔는데
알고 보니
이게 좋은 일!

우리 얼굴에 사랑꽃이 폈다.

출발

정년 퇴임하고
집에 왔을 때
"사랑합니다, 감사합니다."
가족이 벽에 걸어 둔
현수막 문구다

4일간의 퇴임 축하 가족 모임으로
새로운 출발의 격려 박수를 받았다

사랑과 감사로
한 걸음씩 앞으로 나가야겠다

이제
가족 사랑 먼저 담고 가야겠다.

문자

그동안 수고했다며
감사 문자가 왔다
마음이 따뜻해졌다

덕분이라며
답장을 적어 보냈다
받는 마음도 나처럼
따뜻해질 것 같다

장작을 태우는
난로와 달리
적당히 따뜻한 마음이 오고갔다.

감사

널어 두었던 빨래가
백화점처럼 정돈되어 있다

우렁각시가 나타났나?
참 기뻤다

알고 보니
우렁각시는
큰며느리였다
우리 자식이 된.

자녀

자녀가 취직을 잘하면
성공했다고 말하지요

그래요
부모가 자녀를
사랑으로 퍼올린
마중물로 정성껏 키웠을 테니까요

그 물이
감동이 되고
사람들과 나눔이 될 테니까요.

장미

봄에
학교 앞 울타리에 피었던
장미꽃이
늦가을에도 피었네요

봄장미는 화려하고
늦가을에는 동백을 닮았어요

활짝 핀 장미 넝쿨로
발길이 가네요
손 하트를 하며
사진을 찍었어요

찍고 보니
장미꽃 닮은 그대 얼굴이네요.

전준석

한세대학교 일반대학원 경찰학 박사
연세대학교 행정대학원 행정학 석사
중부대학교 일반대학원 교육학 석사
경찰청 총경 퇴임
한국강사교육진흥원 부원장
가천대 평생교육원 지도교수
경기소방학교 외래교수
해양경찰교육원 외래교수
한국인권강사협회 인권위원장
사)한국강사협회 이사
사)한국멘토교육협회 이사
한국자치경찰학회 이사
2018년 월간 《순수문학》 시부문 신인상 등단

열대야

날이 더워
잠을 못 잘 지경인데도
그대 생각이 나네

열대야보다
더 그리워하는 마음!

나
참 잘했지?

선풍기

정신없이 돌아가는
너를 보니
우리 너무 가깝다

이제 우리도
거리두기 해야 해

그대 외에
나에게 예외는 없어.

여행

날짜를 잡아 놓고
기다리던 시간

드디어
출발

일상의 짐을
털어놓고 떠난다

그대와 함께하니
온 세상이 나의 것.

노트북

새로 구입한
노트북!

요술을 부리는 노트북이
오늘은 심술이 난 걸까?
전송이 안 된다

그대 있는 곳
인터넷이 안 되나?

신호등

달리던 차량을
멈추게 하는 신호등

신호등은 차량만
멈추게 할까?

앗!
옆을 보니
그대가 있다.

커피

아침마다
커피를 마신다

커피 향이
그윽하게 올라오면

그 자리에
그대가 함께 있다

늘 반복되지만
마실 때마다
행복하다

이 행복
그대가 있어서
가능하다.

해바라기

해바라기는
환한 미소로
해를 바라보고

내 마음은
뜨거운 사랑으로
그대를 바라보고

해는 모두가 바라볼 수 있지만
그대는
오직 나만 바라보고 싶다.

가을

걷다가
파란 하늘을 만나면
사랑에 빠져요

파란 하늘에
뭉게구름

아!
저기
구름 위로
그대가 오고 있어요

바람을 등지고
그대를 기다렸는데

맑은 하늘을 가슴에 담고
기다렸는데.

시계

시계는
멈추지 않고
시간을 알려주고

내 그리움은
멈추지 않고
그대만 생각하고

하지만 시계는
고장 날 수 있지만
그리움은
고장이 없다.

촛불

초는
자기 몸을 녹여
어둠을 밝히고

나는
내 마음을 태워
그대를 사랑하고

초는 탈수록 작아지고
마음은 태울수록 커지고.

조경순

사회복지학 석사

한국강사교육진흥원 교육위원

노인스포츠지도사 필기 · 구술 · 실기 강사

치매재활레크리에이션 강사

시니어 인지교육 강사

성인문해 한글교실 강사

후마네트 서포터 강사

노인건강체조 강사

부산시교육청 학생상담 자원봉사(상담원)

스마트폰 활용 강사

웰다잉 지도사

벚꽃 얼굴

벚꽃은, 예쁜
얼굴을 보여 주는데
벚꽃처럼 내 마음도
꾸밀까 말까

그대 만날 생각에
얼굴 가득 벚꽃을 피우고도
마음까지 꾸미고 싶어
안절부절!

봄

따스한 아침 햇살이
꽁꽁 언 마음을
봄처럼 녹여 준다

산뜻해진 아침에
누굴 생각해야 할까?

그대의 따스한 마음이
그리워진다

그리움 지우게
커피 한잔 마셔야겠다.

연못

집으로 가는 길
작은 연못이 있다
봄을 만난 새 생명이
기지개를 켠다

한참을 지켜보다가
깜짝 놀랐다

내 안에 새싹처럼
그대 보고 싶은 마음이 돋아나서

이래서
봄은 그리운 계절이라 하나 보다.

봄비

창밖에 봄비가 내린다
온 세상을 깨끗하게 만든다
나뭇잎은 반짝거리고
꽃은 생기가 돌고

내 안에도
봄비가 내린다
마음이 깨끗하게 정리된다

따뜻한 차 한잔으로
몸을 데운다
마음도 따라 데워진다

이제
따뜻해진 내 안에서
함께 차를 마실
그대를 불러내야겠다.

엄마의 향기

봄날 꽃을 보면
엄마 향기가
코 끝을 자극한다

엄마는 늘 나에게
향기를 선물했다

엄마,
당신이 보고 싶다.

어머니

밥먹고 가라 하는데
왜 나는 그냥 왔을까?
꽃잎 흩날리는 이 봄
어머니 미소를 꺼낸다

어머니
그대가 보고 싶다
어머니 마음이
더 그립게
내 가슴에 꽃으로 핀다.

라일락

라일락꽃을 보면
보석 같다
언제 보아도
향기까지 가득 담고
변함없는 보랏빛

라일락 너처럼 나도
그대 가슴에
보랏빛 향기로 담기고 싶다.

라일락꽃 향기

그리움을 가득 담고
라일락꽃 향기를 맡는다

그대 생각이
비처럼 내 안을 적신다

그대도
내가 그립다며
가슴에 비가 내릴까?

일방통행

너 말만 하지 말고
내 말도 좀 들어줄래
소통을 해야 행복해

일방통행은
도움이 안 돼
서로 눈을 마주보고
웃어 봐

너도 양보하고
나도 양보하고

그대와 함께 웃으면
저절로 행복이 올 것 같아
내가 먼저 웃는다

지금 웃음
일방통행이다.

오솔길

한적한 산속에
오솔길이 있다

꽃향기에
새들이 지저귀는 소리
바람이
내 얼굴을 스친다

기분이 좋다
청청한 오솔길!

그대가
내 안으로 들어와
속삭인다
함께 걸어서 좋다고.

허미숙

국제로타리 3662지구 화목RC 회장
HD 감정코칭 과정 이수
크리스토퍼 리더십 수료
제주도 보육정책위원회 의원(전)
적십자 제주지역봉사협의회 임원(전)
레크레이션 2급 지도사
어린이집 부모상담

하늘

창 너머 올려다본
하늘은
어머니 품!

가끔
쉬어가고 싶을 땐
하늘을 올려다본다

어머니를 만난다.

사진 한 장

가족들 모여
어머니와 찰칵!

사진 속 어머니 얼굴에는
주름이 가득하지만
너무 곱다

살아 계실 때
간직하고 싶은
사진 한 장!

내 안에
목소리와 함께 저장했다.

자리물회

어릴 적 동네에
자리돔을 담은 바구니를
아주머니가 이고 오면

어머니는
자리돔을 사서
마당에 있는 계피잎 넣고
자리물회를 맛있게 만들었다

자리돔에 쫄깃한
어머니 손맛이 더해
진한 자리물회 맛이 났다

제주의 맛
어머니의 맛
내 마음속 진한 맛으로 남아 있다.

올레길

언제든 찾아가면 반겨주는
올레길

흙냄새
들꽃
부드러운 바람
돌담

제주의 멋을
느낄 수 있는
마음 편한 올레길

내 안에
올레길을 담았다

그대가
나를 향해 걸어올 수 있게.

사랑커피

커피에 설탕이 없는데
왜 이리 달지요?

아!
함께 마시면 좋을
그대 사랑이
들어가 있네요.

라일락

길을 걷다 보니
라일락꽃 향기가
발길을 멈추게 한다

작은 꽃들이 여러 개 모여
환하게 웃고 있다

한참을 바라보다
연보랏빛 고운 향기를
내 안에 가득 담아 왔다.

장미

5월 햇살에
핀 장미

꽃 중의 꽃
여왕의 꽃!

꽃을 지켜 주기 위해
줄기에 가시가 돋쳤나 봅니다

나에게도
가시가 있습니다

그대 생각이
부드러운 가시입니다.

나팔꽃

아침 이슬에 핀
보라색 나팔꽃

햇살 받아
색이 더 진하다

내 안에
그리움도
보라색

나팔꽃을 피워
보고 싶다
보고 싶다
말은 못하고
나팔만 불어댄다.

꽃밭

꽃밭에
물주고
잡초 뽑고
사랑을 심었다

심은 사랑이
꽃을 피웠다

꽃밭을 내 안에 담았다
힘들 때 찾아가면
마중까지 나오는
당신 사랑이 활짝 핀 꽃밭.

참새

숲을 거닐다
어디선가 들려오는 소리

참새들이
나무에 모여
신나는 노래로
나를 반겨준다

나도 그대에게
사랑이 담긴 노래를
선물해야겠다

참새들은 나무에서 놀고
그대는
내 그리움에서 놀고.

홍유경

어린이 영어 전문 영어유치원 운영

꿈 찾기 전문강사

한국강사교육진흥원 교육위원

심리상담, 중독상담

초 · 중 · 고등학교 진로, 인성, 독서치료

4차산업혁명 창업교육, 자기주도 학습, 회복탄력성, 진로지도

그릿(자기조절력/자기동기력/대인관계력), 감정코칭 등

봄비

봄비가 내린다
거리에 날리는
벚꽃잎 따라
그대 생각이 날린다

조금 더 오래
당신 곁에 머물고 싶은데
그만 그리워하라며
봄비가 내린다

꽃잎 지듯
그리움 다 지기 전에
벚나무를 내 안에 옮겼다

여전히 꽃잎이 날리고
여전히 그대가 그립고.

민들레

민들레 씨앗
후~ 후~
불었더니
휠~ 휠~ 그대에게
날아가겠답니다

사랑한다고
행복하라고
내 마음 전하겠다며
민들레가
글쎄 민들레가.

라일락

초여름
옆집 담에 라일락이
한가득 피었다

그 집 앞을 지날 때
행여나 마주칠까?
천천히 걷곤 했는데

보고 싶은
그 사람은
보지 못하고
라일락 향기만
흠뻑 맡고 돌아온다

라일락 향이
잊고 지낸
짝사랑을 불러냈다

그대는 지금
어디서 살까?
잘 살고 있겠지!

짝사랑

당신만 보면
내 심장이
달리기를 했지요

눈도 못 마주치고
귀도 빨개지고
말도 못 했지요

그저 그대가 보고 싶어
주위를 맴돌기만 했지요

그냥 당신을 보는 게 좋았고
옆에 있는 게 좋아서
당신에게 가는 길은
늘 행복했지요

그 길 내 안에 있지요
다시 걸을 때마다 느끼지만
참 아름답지요.

나무

나무는
언제나 그 자리를
지키고 서 있다

슬플 때 달려가도
기대고 싶을 때 찾아가도
아무 말 없이
그저 그곳에서
등을 내민다
나를 맞아준다

나도 당신이
힘들고 지칠 때
위로해 줄 수 있는
당신의 나무가 되고 싶다.

바람

청보리가
익어가는 계절
시원한 바람이 분다

바람 따라
청보리와 들풀이
흔들흔들 춤을 춘다

바람이 풀에
그림을 그린다
내 마음에도
아름다운 사랑을
그려 넣는다

바람이 분다
사랑이 분다.

꽃밭에서

꽃밭에 앉아
클로버 잎을 이어
화관을 만들어 쓴다

갑자기
그대가 나타나
고백이라도 한 듯
수줍은 미소가
얼굴에 번진다

당신의 고백은
생각만으로도
늘 나를 설레게 한다.

컵의 변신

컵은
요술쟁이

갈증이 날 때
물을 담아 주고

피곤할 때
커피를 담아 준다

놀이동산에서 먹었던
솜사탕도 담아 준다

그대 그리운 오늘은
당신 사랑을
가득 담아 주면 좋겠다.

새가 되면

당신이
보고 싶은데
너무 멀리 있어
볼 수 없네요

어디든
자유롭게
날아갈 수 있는 새가
부럽기만 하네요

새가 되면
당신을
만날 수 있을 것 같아

마음은 벌써
새가 되어
당신 곁으로
날아가는 중이랍니다.

길

봄바람이 분다
그대 생각하며
걸어가야겠다

지금처럼
봄볕 속으로
꽃향기 불러내
그대 만나러 가는 길은
늘 행복하다

오늘은
그대를 만난 것처럼
웃음까지 나온다.

●● 일곱 번째의 만남이 감성시집으로 또 하나의 결실을 맺었습니다. 감성시를 만나면서 내 영혼이 깊어지고 세상을 바라보는 눈이 맑아졌습니다. 보이는 모든 것에서 아름다운 노래가 들려와 귀도 열렸습니다. 감성으로 세상과 소통하는 행복한 일상이 선물처럼 매일매일 주어집니다. "이런 하루 어떠세요?" 한국강사교육진흥원 윤보영시인학교에서 매주 감성시 한잔 하실까요? _김순복

●● 시니어 강사 교육 공부를 하면서 감성시 강의가 와 닿았다. 꿈에도 생각해 보지 않은 시를, 가슴이 두근두근 나도 시인이 될 수 있을까, 자신이 없었는데 첫발을 내딛고 교수님께서 코칭해 주시니 좋은 감성시로 변해 공저시집까지 내는 행운을 얻었다. 우리 인생은 누구와 어떤 기회에 어떤 인연을 맺고 살아가는지가 중요하다. _박희숙

●● 이전에는 스치는 바람도 시린 손까지도 그냥 나의 일상일 뿐이었다. 정원을 가꾸면서도 의미 있게 바라보지 못했던 내가 이 낯설고 어색한 길에 들어섰다. 윤보영 시인님이 공식과 함께 제시한 감성시란 사진 한 장 찍을 정도의 감동받은 장면을 아름다운 말로 적은 글을 말한다고 했다. 감성시의 공식으로 메모하기를 반복하면서 떨어지는 꽃잎, 흘러가는 구름, 새소리,

흔들리는 나무까지 내게 의미를 부여했다. 감성시를 통해 남아 있는 삶이 아름다운 노래로 표현되기를 소망한다. _송남두

●● 나는 가끔 소소한 메모를 적습니다. 윤보영 시인님을 만 났습니다. 먼지처럼 없어질 메모가 감성시로 변하게 되었습니 다. "왜 시를 쓰느냐?" 물으면 김상용 시인의 '왜 사냐건 웃지 요'처럼 '그냥 빙그레 웃지요.' 말로 모두 표현할 수 없기에 미 소로 답합니다. 저의 부족한 시가 공저시집에 실릴 수 있도록 이끌어 주신 윤보영 시인님, 공저시집으로 엮어 주신 김순복 원장님, 전준석 부원장님께 감사드립니다. 시와 함께하는 삶이 늘 행복했으면 합니다. _신용주

●● 걷다 보면 많은 생각의 조각들이 떠돌아다닌다. 이 생각 들을 가두어 둘 공간이 항상 필요하다고 생각했었다. 생각의 호수 속에 많은 것이 꿈틀거리고 있다. 이제 오랫동안 갇혀 있 던 공책 속의 이야기들이 조금씩 조금씩 감성시로 변신하고 있 다. 그대라는 이름으로. _이말옥

●● 사랑스러움이 가득한 감성시, 쓰는 이도 읽는 이도 행복 해지는 감성시의 세계에 들어섰다. 누군가를 행복하게 하는 정성스런 음식처럼. 윤보영 시인님의 천연양념이 더해져 깊 고 맛있는 감성시 레시피가 완성되었다. 아무나가 아닌 누구 나가 쓸 수 있는, 내 삶의 깊은 맛을 내는 감성시 레시피. 많은 사람과 함께하고 싶다. 그들과 함께 깊은 맛을 나누고 싶다.

_이미경

●● 시는 결코 어렵게 쓰는 게 아니었다. 시는 시인만 쓰는 게 아니었다. 삼라만상이 소재가 되어 나도 쓸 수 있고, 얼마든지 너도 쓸 수 있는 게 시였다. 한 가닥의 감동을 줄 수 있는 쉬운 시를 쓰고 싶은 목마름이 있을 때 만난 윤보영시인학교. 사진 한 장 찍을 정도의 감동 장면을 아름다운 글로 적는 글쓰기 공부는 내 인생의 큰 전환점이 되었다. 따뜻한 시선으로 세상을 바라보게 하였다. _이혜숙

●● 존경하는 윤보영 시인님은 늘 칭찬과 격려로 이끌어 주셨고 원장님, 부원장님, 동기 시인님들의 격려로 공저시집을 내게 되었습니다. 도와주신 모든 분에게 큰절을 올립니다. 6남매를 키우신 친정어머니께 이 시집을 바칩니다. 끝으로 옆에서 응원해 준 남편과 가족에게 고마운 마음을 전합니다. _장해자

●● 경찰관 생활 35년 동안 몸에 익숙해진 모든 것들을 감성시로 녹여 낸다는 것이 쉽지 않았다. 하지만 윤보영 시인님의 감성시 지도 덕분에 가슴에 담아 두었던 '그대'라는 단어를 통하여 시가 만들어졌다. 가슴 설레는 단어로 감성시를 담아 낸다는 것이 이제는 일상이 되어 가고 있다. 경찰 감성시인으로 거듭나고 싶다. _전준석

●● 새로운 도전! 감성시 쓰기를 시작했다. 일상의 메모가 감성시로 탄생하는 가슴 뛰는 순간이 매주 진행된다. 인생의 가슴 뛰는 삶을 시로 표현할 수 있음은 설렘이다. 윤보영 시인님의 첨삭지도로 소중한 선물을 받는 시인들과의 만남 또한 행복이다.

_조경순

●● 감성시를 알게 되면서 그냥 스쳐지나갔던 들꽃도 자세히 들여다보게 되고 대화를 하게 되었다. 아침 이슬의 영롱한 빛을 바라보며 시적인 감성이 저절로 나오는 게 신기했다. 윤보영 시인님의 지도로 평범한 글도 감탄사가 나오는 마법의 감성시가 탄생되면서 감동으로 변하였다. 바쁜 일상을 살아가며 몸은 비록 지치지만 감성시 쓰는 시간만큼은 집중하게 되고 늘 행복했다. _허미숙

●● 어느 날 내 삶 속에서 당신이 사라져 버렸습니다. 당신이 사무치도록 그립고, 보고 싶을 때마다 쓴 메모가 감성시로 탄생해 나를 위로합니다. 윤보영 시인님의 감성시 쓰기 코칭 덕분에 시를 쓰며 당신을 만날 수 있어 행복했습니다. 이 시를 읽는 분 모두 행복했으면 좋겠습니다. _홍유경